KB043184

가슴에 강물처럼 흐르는 것들이 있다

가슴에 강물처럼 흐르는 것들이 있다

초판 1쇄 발행 2020년 11월 25일
초판 2쇄 발행 2020년 12월 17일

지은이 양광모
펴낸이 김선기
펴낸곳 (주)푸른길
출판등록 1996년 4월 12일 제16−1292호
주소 (08377) 서울시 구로구 디지털로 33길 48 대륭포스트타워 7차 1008호
전화 02−523−2907, 6942−9570~2
팩스 02−523−2951
이메일 purungilbook@naver.com
홈페이지 www.purungil.co.kr
ISBN 978−89−6291−883−0 03810

*이 도서의 국립중앙도서관 출판예정도서목록(CIP)은 서지정보유통지원시스템
홈페이지(http://seoji.nl.go.kr)와 국가자료공동목록시스템(http://www.nl.go.
kr/kolisnet)에서 이용하실 수 있습니다.(CIP제어번호: CIP2020048215)

양광모 필사시집

가슴에
강물처럼 흐르는
것들이 있다

푸른길

시인의 말

짧고 예쁜 시들을 따로 모았다.

시를 쓰는 사람은 시인이지만
그 시를 읽고 다시 옮겨 쓰는 사람이 있다면
분명 그는 철학자일 것이다.

영원 속으로 흘러가 다신 돌아오지 않는 생의 시간들처럼
허투루 쓰기엔 정녕 아까운 마음이 들길 바란다.

그리하여 시구(詩句) 한 자 한 자를 옮겨 적을 때마다
희열과 혜안, 카타르시스와 승화(昇華)의 세계가 그대 가슴에 활짝 꽃피어나길.

차례

III. 한 번은 시처럼 살아야 한다

IV. 꽃을 모아 시를 쓰네

I

멈추지 마라

무료

따뜻한 햇볕 무료
시원한 바람 무료

아침 일출 무료
저녁 노을 무료

붉은 장미 무료
흰 눈 무료

어머니 사랑 무료
아이들 웃음 무료

무얼 더 바래
욕심 없는 삶 무료

인생 예찬

살아있어 좋구나
오늘도 가슴이 뛴다

가난이야 오랜 벗이요
슬픔이야 한 때의 손님이라

푸르른 날엔 푸르게 살고
흐린 날엔 힘껏 산다

희망

한 줌 한 줌
빛을 퍼뜨리며

조금씩 천천히
절망을 헤쳐 내는 것이다

밤을 이기는 것은
낮이 아니라 새벽이요

어둠을 이겨내는 것은
한낮의 태양이 아니라 새벽 여명이다

가장 넓은 길

살다 보면
길이 보이지 않을 때가 있다
원망하지 말고 기다려라
눈에 덮였다고
길이 없어진 것이 아니요
어둠에 묻혔다고
길이 사라진 것도 아니다
묵묵히 빗자루를 들고
눈을 치우다 보면
새벽과 함께
길이 나타날 것이다
가장 넓은 길은
언제나 내 마음속에 있다

멈추지 마라

비가 와도
가야할 곳이 있는
새는 하늘을 날고

눈이 쌓여도
가야할 곳이 있는
사슴은 산을 오른다

길이 멀어도
가야할 곳이 있는
달팽이는 걸음을 멈추지 않고

길이 막혀도
가야할 곳이 있는
연어는 물결을 거슬러 오른다

인생이란 작은 배
그대 가야할 곳이 있다면
태풍 불어도 거친 바다로 나아가라

가장 위대한 시간

꽃은 언제 피어나는가
태양은 언제 떠오르는가
바람은 언제 불어오는가

다시!

사랑은 언제 찾아오는가
희망은 언제 솟아나는가
용기는 언제 생겨나는가

또 다시!

인생을 배웁니다

월요일에는 꿈을 배웁니다
화요일에는 희망을 배웁니다
수요일에는 용기를 배웁니다
목요일에는 감사를 배웁니다
금요일에는 사랑을 배웁니다
토요일에는 용서를 배웁니다
일요일에는 부끄러움을 배웁니다

벼가 고개를 숙이는 이유는
겸손하기 때문이 아니라
진정 부끄럽기 때문이라는 것을 배웁니다

매일 인생을 배웁니다

2월 예찬

이틀이나 사흘쯤 더 주어진다면
행복한 인생을 살아갈 수 있겠니?

2월은 시치미 뚝 떼고
빙긋이 웃으며 말하네

겨울이 끝나야 봄이 찾아오는 것이 아니라
봄이 시작되어야 겨울이 물러가는 거란다

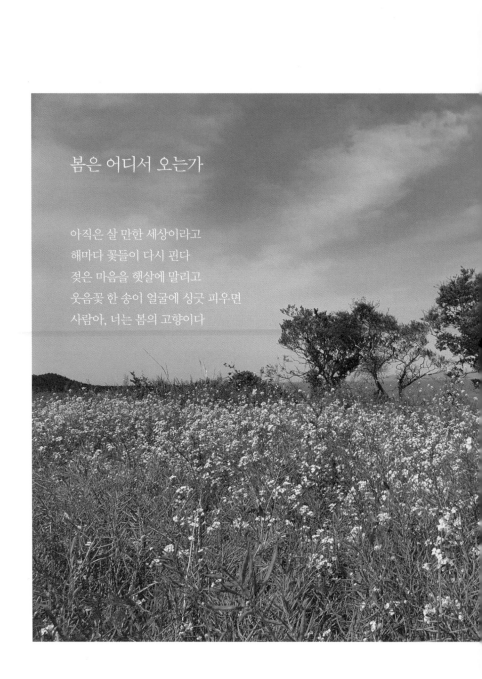

봄은 어디서 오는가

아직은 살 만한 세상이라고
해마다 꽃들이 다시 핀다
젖은 마음을 햇살에 말리고
웃음꽃 한 송이 얼굴에 싱긋 피우면
사람아, 너는 봄의 고향이다

봄

다시 돌아온
첫사랑 같은 계절
그림자도 따뜻해져
기지개를 펴고 일어나 앉는다
자, 다시 새로운 눈으로
세상을 밝고 맑게 바라보자

봄 2

봄은 마음에 있는 것
햇살 같은 마음이 봄이요
산들바람 같은 마음이 봄이다
찬바람 부는 날에도
새싹 같은 희망을 꿈꾸며
얼음장 같은 마음을 녹여
분홍빛 진달래 사랑을 꽃피운다면
그의 마음은 언제나 봄에 있다

별

나를 바라보며
소원을 빌지는 마

어둠 속에서도
스스로 빛나는 사람이 되어야 해

꽃도 동굴 속에 갇혀있다
혼자 피어나는 거란다

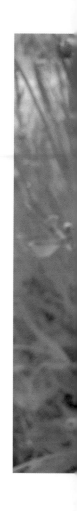

라면

딱딱하게 배배 꼬인 놈이
세상에서 가장 부드러운 면발로 변해
어느 가난한 입에
부러울 것 없는 미소를
짓게 만들기 위해서는
한 번은 반드시 펄펄 끓는 물에
들어갔다 나와야 한다

生이여, 알겠지?

고구마

잘 익었는지
젓가락으로 푹 푹 찔러보는 것

슬픔이나 아픔 따위가
설마 그런 일은 아니겠지요

하여간 큰 고구마일수록
오래 삶아야한다는 것쯤은 알고 있습니다마는

바닥

살아가는 동안
가장 밑바닥까지 떨어졌다 생각될 때
사람이 누워서 쉴 수 있는 곳은
천장이 아니라 바닥이라는 것을
잠시 쉬었다
다시 가라는 뜻이라는 것을
누군가의 바닥은
누군가의 천장일 수도 있다는 것을
인생이라는 것도
결국 바닥에 눕는 일로 끝난다는 것을
그래도 슬픔과 고통이
더 낮은 곳으로 흘러가지 않는다면
지금이야말로
진짜 바닥이라는 것을

꽃화분 등에 지고

삶이 짐짝 같은 거라고는
짐작도 못 했는데
그 짐짝 속에서도
어여쁜 꽃 피어난다는 걸
진작에 알았더라면
짐짝 조금 무겁다기로
징징 투덜대지는 않았으리
꽃화분 등에 지고
꽃바구니 어깨에 이고
가자 생이여,
가난한 세상에 꽃 나르러

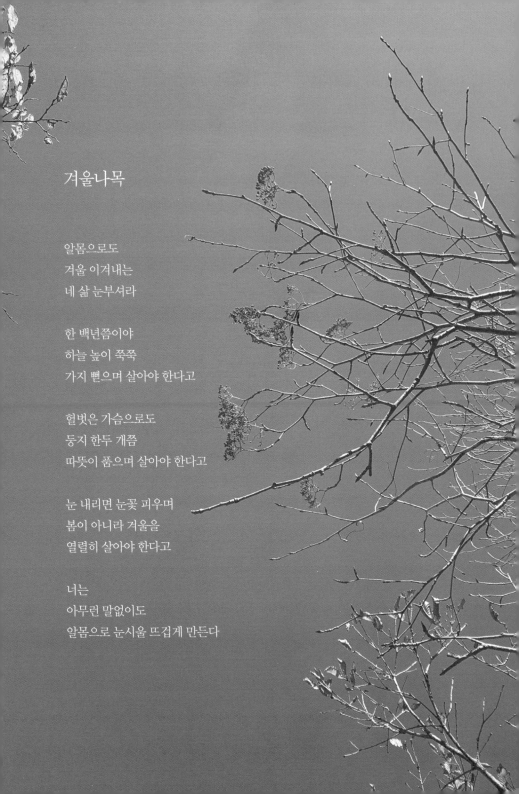

겨울나목

알몸으로도
겨울 이겨내는
네 삶 눈부셔라

한 백년쯤이야
하늘 높이 쭉쭉
가지 뻗으며 살아야 한다고

헐벗은 가슴으로도
둥지 한두 개쯤
따뜻이 품으며 살아야 한다고

눈 내리면 눈꽃 피우며
봄이 아니라 겨울을
열렬히 살아야 한다고

너는
아무런 말없이도
알몸으로 눈시울 뜨겁게 만든다

II

눈물 흘려도 돼

눈물 흘려도 돼

비 좀 맞으면 어때
햇볕에 옷 말리면 되지

길가다 넘어지면 좀 어때
다시 일어나 걸어가면 되지

사랑했던 사람 떠나면 좀 어때
가슴 좀 아프면 되지

살아가는 일이 슬프면 좀 어때
눈물 좀 흘리면 되지

눈물 좀 흘리면 어때
어차피 울며 태어났잖아

기쁠 때는 좀 활짝 웃어
슬플 때는 좀 실컷 울어

누가 뭐라 하면 좀 어때
누가 뭐라 해도 내 인생이잖아

잊지 마라

잊지 마라
너만 그런 것이 아니다
청춘만 그런 것도 아니고
여자만 그런 것도 아니다
가난한 사람만 그런 것도 아니고
아픈 사람만 그런 것도 아니다
실패한 사람만 그런 것도 아니고
불행한 사람만 그런 것도 아니다
떠나보낸 사람만 그런 것도 아니고
떠나온 사람만 그런 것도 아니다
사람이라 그런 것이고
인생이라 그런 것이다
모두가 다 그렇고
누구나 다 그런 것이다

살아있는 한 첫날이다

살아있는 한 첫날이다
사랑하는 한 첫사랑이요
기다리는 한 첫눈이다

어제는 흘러간 강물
내일은 미지의 대륙
오직 오늘만 내 손 안에 있네

살아있는 한 마지막 날이다
사랑하는 한 마지막 사랑이요
기다리는 한 마지막 눈이다

꽃이 그늘을 아파하랴

꽃이
그늘을
아파하랴

나무가
그늘을
두려워하랴

내 영혼의 그늘
서러울 것 없어라

산도
그늘을 이끌고
살아가거늘

그늘도
그늘과
함께 눕거늘

살아가는 일이 어찌 꽃뿐이랴

봄이면 꽃으로 살고
여름이면 파도로 살고
가을이면 단풍으로 살고
겨울이면 흰눈으로만 사는
생이 어디 있으랴

어떤 날은 낙화로 살고
어떤 날은 낙엽으로 살고
어떤 날은 얼음으로도 살아야 하는 것

그런들 서럽다 말아라
때로는 밀물로 살고
때로는 썰물로 살 수 있나니

가슴에 강물처럼 흐르는 것들이 있다

세월 흐른 뒤에야
가슴에 꽃으로 피어나는 것들이 있다

세월 흐른 뒤에야
가슴에 촛불을 밝히는 것들이 있다

때로는 안개로 밀려오고
때로는 낙엽으로 떨어지고
때로는 눈처럼 쌓이면서

세월 흐른 뒤에야
가슴에 강물처럼 흐르는 것들이 있다

새해

소나무는 나이테가 있어
더 굵게 자라고
대나무는 마디가 있어
더 높게 자라고
사람은 새해가 있어
더 곧게 자라는 것

꿈은 소나무처럼
푸르게 뻗고
욕심은 대나무처럼
가볍게 비우며
새해에는 한 그루
아름드리 나무가 되라는 것

별 4

별아, 어둠 속에서도
어떻게 늘 빛나는 거니

마음 속으로 늘 생각한단다
별 일 아니야 별 일 아니야

별 5

미소가 환한 까닭일까
심장이 뜨거운 까닭일까

별 하나 다른 별보다 밝게 빛나네
어둠은 서로 같은데

추석

연어처럼 돌아간다

어린 새끼들을 이끌고
오래전 떠내려왔던 물살을 거슬러 올라가면
가을 햇살에 반짝이는 유년의 비늘들

빈 주머니면 어떠리
내일은 보름달이 뜨리니
가난한 마음에도 달빛은 한가득

밤이 깊을수록
송편은 점점 커지고
아비 어미 연어 얼굴에는
기쁨이 사뭇 흘렀다

어머니

어쩐지 잘못 길을 걸어온 듯 느껴지는 날
겁먹은 어린아이의 눈길로 뒤돌아보면
저만큼 당신이 서 있을 것만 같습니다

어머니,
아직도 손을 흔들고 계시겠지요

인생

자주
막막하고

이따금
먹먹해도

늘
묵묵하게

웃음꽃 인생

기쁨이 찾아올 때 하하하
슬픔이 찾아올 때 허허허

사랑이 찾아올 때 호호호
이별이 찾아올 때 후후후

성공이 찾아올 때 깔깔깔
실패가 찾아올 때 껄껄껄

아침이 밝아올 때 까르르
인생길 걸어갈 때 빙그레

눈부시다는 말

눈부시다는 말
참 좋지요

비 갠 아침의 눈부신 햇살
은빛으로 반짝이는 눈부신 강물
풀잎 끝에 매달린 눈부신 이슬
해맑은 아이들의 눈부신 웃음
오늘이라는 눈부신 시간
사랑해라는 눈부신 고백

눈부시다는 말
참 눈 부시지요

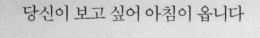

당신이 보고 싶어 아침이 옵니다

당신이 보고 싶어
아침이 옵니다

밤을 지나
어둠을 헤치고
낮을 지나
빛조차 뿌리치고

당신이 보고 싶어
저녁이 옵니다

장밋빛 노을에 물든
태양처럼
따뜻한 어둠에 잠긴
별처럼

당신이 보고 싶어
잠에 듭니다

마음꽃

꽃다운 얼굴은
한철에 불과하나

꽃다운 마음은
일생을 지지 않네

장미꽃 백 송이는
일주일이면 시들지만

마음꽃 한 송이는
백 년의 향기를 내뿜네

마음살이

마음먹는 대로 사는
인생 어디 있겠는가마는

세상살이
마음먹기 나름이라잖은가

마음에 드시는 게 아니라
마음을 드시는 거라네

햇살 같은 마음 샘물 같은 마음
마음껏 드시면 되는 거라네

그대 아시는지

꽃을 아름답게 피우는 건
햇볕이지만

꽃을 향기롭게 피우는 건
별빛인 것을

꽃처럼 산다는 거
열매를 맺으려
일생을 애쓰는 일임을

그대 이미
꽃처럼 살고 있음을

청춘

어깨와 허리, 무릎이 모여 말합니다
"청춘이 좋았는데"

심장이 말합니다
"오늘이 가장 좋은 거야"

청춘십일홍

여보소, 꽃 한철
수이 짐을 탓하지 마오

꽃이야 제 몸이
꽃인 줄이나 알고
피고 지건만

사람은 제 몸이
꽃인 줄도 모르고
청춘을 수이 보내더라

고개

인생 고개
힘겹게 넘어가는 날엔

고개 들어
푸른 하늘을 바라보고

고개 숙여
예쁜 꽃을 바라보고

고개 돌려
사랑하는 사람들을 바라보리

고개 끄덕여
행복은 내 눈 안에 있네, 다짐하리

바다 9

긴 획 하나 수평으로 그어놓고
일평생 일자무식으로 산다

살아보라, 한다

바다 31

세상을 털려다
바다까지 밀려왔는데
동전 한 푼 남김없이
바다에게 모두 털리고
조개껍데기처럼 누워 바다를 바라보면
아무것도 잃을 게 없는 생이
가장 많은 것을 가진 생이라는 것을
바다가 바다에서 바다처럼

바다 37

사선을 넘듯 수평선을 넘어
전속력으로 달려오는
저 파도처럼
나의 사랑이 필사적이길

세상에 뭍 같은 사람 하나 있어
그를 사랑할 때
운명적인 사랑이 아니라
필사적인 사랑으로 달려가기를

바다에서 빈다

산

사람들은 말하지
다시 내려올 걸 무엇하러 올라가나

산도 말한다네
다시 내려갈 걸 무엇하러 올라오나

삶에 지친 날에는

삶에 지친
날에는

어둠 속에
홀로 앉아있지 말고

계단을 지나
이층으로 올라가라

거기 별이 보이리니
거기 세상이 낮아 보이리니

내 영혼이여

술잔 마주 놓고

살아가는 일이
시린 날이면

소주잔 두 개
마주 놓고

밤새 너와
가슴 뜨거운 이야기
나눠보고 싶다

生이여

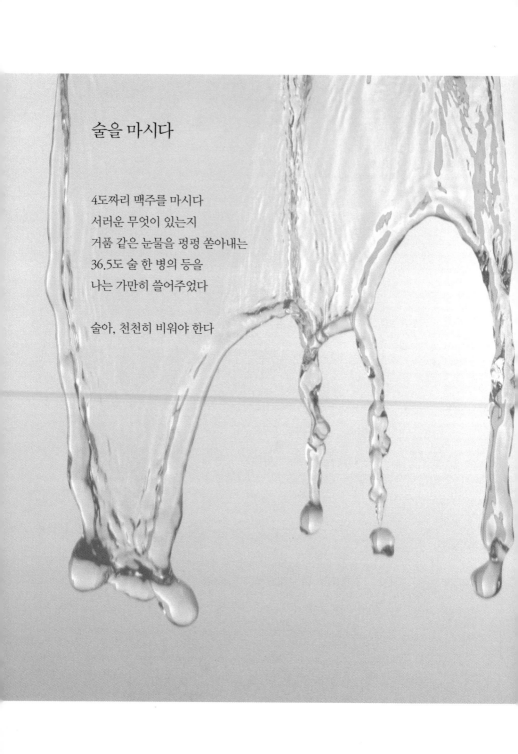

술을 마시다

4도짜리 맥주를 마시다
서러운 무엇이 있는지
거품 같은 눈물을 펑펑 쏟아내는
36.5도 술 한 병의 등을
나는 가만히 쓸어주었다

술아, 천천히 비워야 한다

겨울나기

나무는 무슨 까닭으로
그나마 홑겹옷 모두 벗어던지고
매서운 겨울 헐벗이 나려하는지

어떻게도 이해할 수 없는
나는 해마다 11월이면
부끄럽거나 부럽기로 결심을 한다

나무야,
이길 수 없는 것으로
이겨내야만 하는 운명 같은 것이 있느냐

III

한 번은 시처럼 살아야 한다

누군가 물어볼지도 모릅니다

생의 마지막 날에
누군가 물어볼지도 모릅니다
몇 사람이나 뜨겁게 사랑하였느냐
몇 사람이나 눈물로 용서하였느냐
몇 사람이나 미소로 용기를 주었느냐

생의 마지막 날에
누군가에게 대답해야 할지도 모릅니다
시간을 낭비하지 않았습니다
사람을 가장 먼저 생각했습니다
세상을 아름답게 만들려 노력했습니다

생의 마지막 날에
아무도 묻지 않을지 모릅니다
그렇더라도 오직 한 사람,
당신 자신에게는 대답해야만 할 것입니다
나는 한 번뿐인 삶을
정녕 온 힘을 다해 힘껏 살았노라고

한 번은 詩처럼 살아야 한다

누구라도
한때는 시인이었나니
오늘 살아가는 일 아득하여도
그대 꽃의 노래 다시 부르라

누구라도
일평생 시인으로 살 순 없지만
한 번은 詩처럼 살아야 한다
한 번은 詩인양 살아야 한다

그대 불의 노래 다시 부르라
그대 얼음의 노래 다시 부르라

눈을 감고

가끔은 눈을 감고
꽃을 보라
가끔은 눈을 감고
별을 보고
가끔은 눈을 감고
보이지 않는 사랑을 보라

그보다 더 아주 가끔은
첫새벽을 맞는
아기사슴처럼 눈을 뜨고
눈감은 나의 영혼을 고요히 바라보라

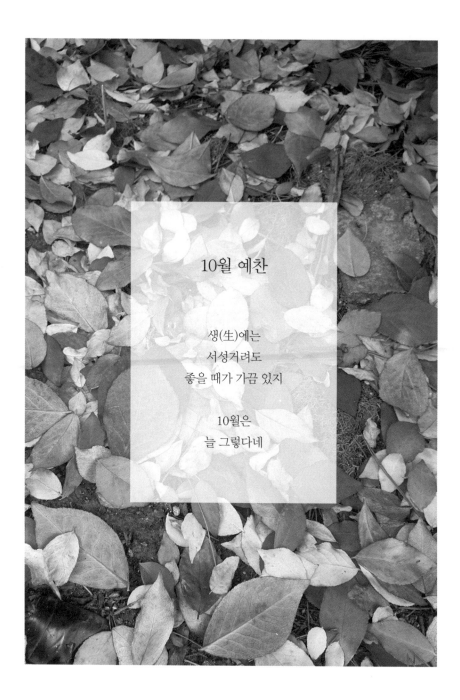

10월 예찬

생(生)에는
서성거려도
좋을 때가 가끔 있지

10월은
늘 그렇다네

인생 한 때

몸의 때는
물로 씻고

마음의 때는
책으로 씻고

영혼의 때는
눈물로 씻으며

때 없는 사람들과
때 없는 삶 살으리

때 묻지 않은 웃음 지으며
때 묻지 않은 삶 살으리

인생 한 때!

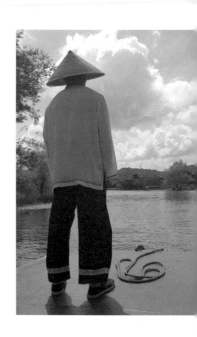

인생미로(人生美路)

멈춰 설수록
더 멀리 갑니다

돌아볼수록
더 빨리 갑니다

함께 갈수록
더 쉽게 갑니다

빈손으로 갈수록
더 많이 얻습니다

길이 없을수록
더 많은 길이 열리는

인생은
미로(美路)입니다

인생은
참 아름다운 길입니다

별거 없더라만

꽃구경 몇 번
부채질 몇 번
가슴에 단풍질 몇 번
눈사람 흉내질 몇 번

인생 별거 없더라만
제때제때 목숨 걸고 살아라
사랑도 한때 이별도 한때나니

꽃으로 지고 싶어라

바람 한 점에
꽃잎 수십 점

꽃잎 한 점에
시름 수십 점 흩어지네

꽃으로 피어나지 못했어도
꽃으로 지고 싶은 봄날에는

왜 사냐건 웃지요
왜 웃냐건 또 웃지요

권주가

꽃 피니 한 잔
꽃 지니 한 잔

사랑했다고 한 잔
사랑한다고 한 잔

술잔은 바람에 출렁이고
내 맘은 그대 생각에 출렁이니

봄날에는 한 잔
봄날이 가기 전에 한 잔

권주가 2

아침에 핀 꽃은
저녁 바람에 지고

밤에 내린 눈은
아침 햇살에 녹네

그대여 잔을 비우라
살아가는 일은 그보다 더 짧으니

낮과 밤을 가려 무엇하랴
노을과 단풍을 얼굴에 물들이세

삶이 내게 뜨거운 커피 한 잔 내놓으라 한다

삶이 내게
뜨거운 커피 한 잔 내놓으라 한다

삶이 내게
시원한 커피 한 잔 내놓으라 한다

어느 날은 저 혼자 뜨겁게 달아오르다
어느 날은 저 혼자 차갑게 식어버리며
그 검은 수심의 깊이를 알 길이 없는

삶이 내게
오래도록 사라지지 않을
향 깊은 커피 한 잔 내놓으라 한다

커피

꽃도 아닌 것이
향기롭게 만들고

술도 아닌 것이
취하게 만든다

사랑도 아닌 것이
그립게 만들고

인생도 아닌 것이
뜨겁게 만든다

이 깊고 은밀하고 진중한 것을
무엇이라 부르랴

분명코 커피만은 아니리니

커피를 마실 때는

커피를 마실 때는
무어라도 좋은 일만 생각합시다

좋지 않은 일은
술을 마실 때만으로도 충분하니까

좋지도 나쁘지도 않은 일은
물을 마실 때만으로도 충분하니까

커피를 마실 때는
무어라도 따뜻하고 향기로운 일만 생각합시다

아우야 꽃세상 가자

아우야
꽃구경 가자

오늘 핀 꽃
내일이면 지리니

시름일랑
꽃 진 후로 미루어 두고

아우야
꽃구경 가자

아우야
꽃세상 가자

내 영혼의 새

내 영혼의 나무
바람에 흔들릴 때도

그 나무에 깃들인 새
언제고 자유로웠나니

푸른 하늘 높이 날아
온 세상 아름다움 한눈에 담는다

여름비

상한 영혼 맑게 씻어주는
새벽 산사의 목탁소리

낮은 곳으로 흘러가거라
흘러가 바다의 자식이 되어라

소나무

겹겹이 터지고 갈라진
저 껍질 속에
오래 이 민족을 먹여 살린
누런 소 한 마리가 들어앉아
사시사철 푸른 쟁기질을 멈추지 않는데
누군가라도 알아주기를 바랄 때는
솔방울 툭 툭 발가에 떨어뜨리는 것이니
그런 날에는 가던 걸음 멈추고 다가가
굽은 등짝 한 번 슬며시 쓰다듬어 줄 일이다

비양도

비양도에 가서 알았다
생의 절반은 일몰이라는 것을
낮 세 시면 이미 뱃길이 끊어져
어쩔 줄 모르고 파도에 제 몸을 숨기는 섬
소주 한 병을 비울 시간이면
얼굴 가슴 손 발을 모두 어루만질 수 있고
소주 반병을 비울 시간이면
어깨에 앉아 제주라는 섬을 바라볼 수 있는 곳
보다가 가장 작은 섬은 가장 큰 대륙
보노라면 가장 큰 대륙은 가장 작은 섬이었기에
생의 절반은 일출이라는 것을
비양도를 떠나며 뱃멀미처럼 나는 앓았다

와온에 서서

와온바다 수평선을 가로막고 서 있는 섬들
내 생에도 저런 섬 한두 개쯤 있었겠지
우뚝 서서, 파도쯤에는 꼼짝도 안하며
바다의 걸음을 묶어두던 운명들

뭍과 섬 사이를 가득 메운 노을은
저무는 바다를 홀로 흘러 떠나는데
나는 또 누군가의 섬이 되려는지
와온에 서서
짠 파도에 모래알 같은 마음을 씻기고 있었다

원대리에 가시거든

원대리에 가시거든
푸른 잎과 흰 껍질이 아니라
백 년의 고요를 보고 올 것
천 년의 침묵을 듣고 올 것
자작나무와 자작나무가
어떻게 한마디의 말도 주고받지 않고
만 년의 고독을 지켜나가는지
원대리에 가시거든
사람의 껍질은 잠시 벗어두고
이제 막 태어난 자작나무처럼
키 큰 자작나무 아래 앉아
푸른 하늘을 어린 눈빛으로 바라보다 돌아올 것

별로

별로 아는 것이 많지 않아도
별로 가진 것이 많지 않아도
별로 웃을 일이 많지 않아도
별로 사는 사람들이 있다

별로 살아야 한다

행복

별을 따려 하지 말 것

지금 지구라는 별에 살고 있다는 사실을 기억할 것

작은 슬픔일 뿐

만약 내일 폭우가 쏟아진다면
오늘 내리는 소나기는
비도 아니리

만약 내일 폭설이 쏟아진다면
오늘 내리는 싸락눈은
눈도 아니리

오늘 우리가 겪는 슬픔도
슬픔이 아니리
만약 내일 더 큰 불행이
우리를 찾아온다면

사랑이 아프게 할 때

사랑하는 일
암초처럼 느껴질 때

그대 한 걸음만
더 가까이 옆으로 다가서라

두 개의 암초가 모여
하나의 바위섬이 된다

길의 노래

살아있다면 그대
머무르지 마라

길도 길을 떠난다
길도 길을 잃는다

길이 끊어진 곳에서
길이 운다

길이 이어진 곳에서
길이 웃는다

먼 세상 끝 마침내
길이 하늘에 닿는다

참 좋은 인생

참 좋은 세상에서
참 좋은 사람들과
참 좋은 생각하며
참 좋은 하루를 삽니다

조금은 부족한 내가
참 좋은 인생을 삽니다

꽃잎이 모여 꽃이 됩니다

꽃잎이 모여 꽃이 됩니다
나무가 모여 숲이 됩니다
햇살이 모여 노을이 됩니다
냇물이 모여 바다가 됩니다
미소가 모여 웃음이 됩니다
기쁨이 모여 행복이 됩니다
두 손이 모여 기도가 됩니다
너와 내가 모여 우리가 됩니다
작은 것이 모여 큰 것이 됩니다
작은 것이 모여 세상을 더 아름답게 만듭니다

꽃

작은 일로 가시가 돋을 때
이 사람은 전생에 무슨 꽃이었을까
마음속으로 빙긋이 생각해 봅니다

나는 또 어떤 꽃이었을까요

부부

여보, 고맙소
다음 생에 한 번만 더 만납시다
이번 생은 내가 아무래도 덕 본 것 같구려

부부는 전생의 은인
결혼은 그 은혜를 갚는 일이라잖소

함께 눈물이 되는 이여

낮은 곳에선
모두 하나가 된다

빗방울이 빗물이 되듯
강물이 바다가 되듯

나의 마음자리
가장 낮은 곳까지 흘러와
함께 눈물이 되는 이여

세상에서 가장 높은 곳으로 올라가
우리 함께 샘물 같은 사랑이 되자

눈길

아무리 추운 날에도 얼지 않고
아무리 더운 날에도 녹지 않는다

백 사람이 걸어가도 더럽혀지지 않고
백 년이 지나도 그 모습 변하지 않는다

이 세상 가장 아름답고 깨끗한
사람과 사람 사이의 따뜻한 눈길

눈 내리는 날에나
눈 내리지 않는 날에도
우리 함께 걸어가야 할 길

마음의 집

마음이 행복한 사람은
남을 미워할 시간이 없고

남을 미워하는 사람은
마음이 행복할 시간이 없네

마음의 집의 주인은
오직 한 명뿐

미움이 집을 차지하기 전
사랑에게 먼저 열쇠를 넘겨주세

행복의 길

당신이 행복하게 살았으면 좋겠다고
말해주는 사람이 있다면
당신은 인생을 잘 산 것입니다

당신이 행복하게 살았으면 좋겠다고
말해주고 싶은 사람이 있다면
당신은 인생을 더욱 잘 산 것입니다

그리고 행복은 그때 찾아옵니다
당신이 자신의 행복보다는
누군가 다른 사람의 행복을 위해 기도할 때

사랑의 기쁨이 바로 그러하듯이

IV

꽃을 모아 시를 쓰네

사랑아

살아가는 일이
얼음꽃 같을 때
너의 이름을 부른다

사랑아,
진눈깨비 쏟아지는 길 위에서도
나는 너를 잊지 않았다

사랑이라는 나무

그 뿌리는 믿음
그 줄기는 인내
그 가지는 이해
그 잎은 배려
그 꽃은 용서

우리 가슴 속
사랑이라는 나무
날마다 조금씩 날마다 조금씩

첫사랑

만 개의
태양

십만 개의
별

백만 송이의
꽃

단 한 번의
운명

단 하룻밤의
꿈

봄 편지

그의 이름을 부르면
마음에 봄이 찾아오는 사람이 있어
그대여, 꽃을 부르듯
너의 이름을 가만히 불러본다

사랑은...따듯하여라

봄비

심장에 맞지 않아도
사랑에 빠져 버리는
천만 개의 화살

그대,
피하지 못하리

너의 꽃말

진달래는 불타는 사랑
벚꽃은 흩날리는 이별
목련은 순결한 그리움
작은 꽃 한 송이
너는 나의 운명

진달래처럼 사랑하다
벚꽃처럼 이별해도
목련처럼 그리워할
너의 꽃말은
나의 운명

너를 처음 만나던 날

내가 살아온
모든 봄날의
모든 꽃잎

내가 살아온
모든 여름날의
모든 빗방울

내가 살아온
모든 가을날의
모든 낙엽

내가 살아온
모든 겨울날의
모든 눈송이

너를 처음 만나던 날
일제히 쏟아져 내렸네
물론, 꿈만 같았지

너에게 가는 길

너를
처음 만난 후

내 가슴에
낯선 길 하나 생겼다

다시는
돌아오지 못할 것 같다

너를 사랑하여

벚꽃 한 잎
땅에 떨어지는 동안

사랑한다
일만 번 고백을 한다

바람 부는 봄날에는

벚꽃나무 아래
꽃비 흩날리니
술잔마다 꽃잎 떠 있네

가난이 무슨 걱정이랴
오늘은 꽃잎 깔고
내일은 꽃잎 덮으리

바람 부는 봄날에는
동백꽃 닮은 여인을
만나고 싶어라

6월 장미에게 묻는다

다시 사랑에
빠질 수 있을까

붉은 열망과
푸른 상처를
만지작 만지작거리며
6월 장미에게 묻는다

누군가를 다시
사랑할 수 있겠니

누군가를 다시
그리워할 수 있겠니

누군가의 가시에 콕 찔려
다시 소스라치게 놀랄 수 있겠니

비가 오는 날에는

살며시 두 손으로 감싸 안고
부드러운 입맞춤 건넬 제
내 몸속 깊은 곳까지 흘러들어와
아득한 향기로 나를 적시는
저 검붉은 커피 같은 사랑
딱 한 잔만 마시었으면
비가 오는 날에는

국화

네 앞에서는
꼭 걸음을 멈추게 된다

가을처럼 다시 돌아올
그리운 얼굴 하나 떠올라

햇살처럼 다시 비칠
눈부신 이름 하나 떠올라

네 앞에서는
꼭 눈을 감게 된다

내가 사랑했던 여자도
늘 그리 하였느니

네 앞에서는
꼭 입을 맞추게 된다

코스모스를 보고 웃네

길가에 피어 있는
코스모스에서
당신 얼굴을 발견하곤
나도 모르게 반가워
활짝 웃었습니다

우주에
가을만 있으면 좋겠습니다

너는 첫눈을 기다리고 있을 것이다

지금쯤 너는 첫눈을
기다리고 있을 것이다

첫눈이 내리면
마치 오래도록 기다리던 사람이
운명처럼 함께 찾아오기라도 할 듯이
너는 간절하니 애태우며 기다리고 있을 것이다

어리석은 생각이다만
나도 그렇다

안부

그리운 것들은
늘 입이 무겁다

그립지 않은 것들도
곧 그리워질 것이라 한다

나의 그리움은 밤보다 깊어

그대를 생각하기엔
하루가 짧고

그대를 사랑하기엔
일생이 짧다

어둠 내려앉기 전
새벽 밝아오니

그대를 향한 그리움
밤보다 깊다

그리고 지금

유난히 그대가
그리운 날이 있다

어제
오늘
내일

중독

한 번 빠지면
벗어나기 힘든 것들이 있다

커피
늪
그대 생각

내 안에 머무는 그대

당신을 만나기 전에는
아침이 밝아왔는데
당신을 만난 후로는
사랑이 밝아옵니다

당신을 만나기 전에는
어둠이 밀려왔는데
당신을 만난 후로는
사랑이 밀려옵니다

아침부터 밤까지
내 안에 머무는 그대
당신을 만난 후로는
사랑 안에 내가 머뭅니다

나의 종교

하늘에는
신

땅에는
당신

새꽃별

새꽃별,
새로 핀 꽃처럼 아름다운 별

꽃별새,
꽃의 향기와 별의 눈망울을 지닌 새

당신과 나의 가슴에만 있는 말
당신과 나의 사랑에만 있는 말

당신은 나의 새꽃별
당신은 나의 꽃별새

그래도 사랑입니다

당신은 꽃을 좋아하고
나는 낙엽을 좋아합니다

당신은 눈을 좋아하고
나는 비를 좋아합니다

당신은 바다를 좋아하고
나는 산을 좋아합니다

당신은 블루를 좋아하고
나는 레드를 좋아합니다

당신은 순수를 좋아하고
나는 열정을 좋아합니다

그래도
사랑입니다

당신은 나를 좋아하고
나는 당신을 좋아하니까

꽃을 모아 시를 쓰네

나는 예쁜 꽃들을 모아
시를 쓰네

장미는 주어
백합은 목적어
목련은 형용사
철쭉은 부사
국화는 동사
코스모스는 토씨

그러면 그 시는
꽃시가 되어
사랑하는 사람들의
언약을 위해 바쳐지려니

그 시를 건네는 사람의 손에
향기를 남기고
그 시를 받는 사람의 가슴에
꽃잎을 남기고
그 시를 주고받는 사람의 생에
잊지 못할 추억으로 남으리

당신은 이것을 시적 비유라
생각할 테지만
나는 이것을 인생에 대한 지침이라
말하고 싶네

꽃을 모아
시를 쓰듯이
맑은 마음을 모아
고운 삶을 살아야 한다고